Regina Rheinwald

Liebesbriefe an ein Pferd

Regina Rheinwald

Liebesbriefe an ein Pferd

Roman – Tagebuch

Für Oberon, das wunderbarste Pferd,
das man sich nur vorstellen kann!

Mein liebes Pferd!

Ja, ich weiß. Genau ge-
nommen bist du noch
nicht mein Pferd, obwohl,
doch! Du bist zwar noch
nicht bei mir und deine
Papiere habe ich auch
noch nicht, aber das sind
ja nur noch Formalitäten!

Morgen wird der Hänger
vor den Stall fahren - oh -
ich sehe es genau vor mir!
Hoffentlich hast du keine
Angst und hoffentlich hast

du dich in den letzten Tagen nicht erkältet auf dieser Weide ohne Unterstand,
ohne auch nur einen
Baum, unter den ihr euch
stellen könntet. In den
letzten Tagen hat es so viel
geregnet und nachts hat es
gefroren. Das stelle ich mir
gar nicht schön vor, schon
gar nicht, weil Araberblut
durch deine Adern pumpt.
Ich hoffe, ihr habt euch gegenseitig wärmen können.
Ihr, das bist du und ein
paar Kumpels von dir. Alles
junge, temperamentvolle
Pferdchen, gleichaltrig,

vom selben Züchter. Wie ihr zu diesem Pferdehändler gekommen seid, das ist mir ein Rätsel. Ich habe euch von der Straße aus gesehen, habe angehalten, und bestimmt eine Stunde lang am Zaun gestanden und euch beobachtet. Du bist mir sofort aufgefallen. Als hättest du mir imponieren wollen, bist du im Trab um deine Pferdefreunde herumgelaufen. Nein! Eigentlich bist du geschwebt! WOW! Ich war beeindruckt. Dann folgten ein paar

Bocksprünge, dass mir Hören und Sehen verging, und dann kamst du an den Zaun galoppiert. Direkt zu mir, als wolltest du mich fragen: „Na, hat dir das gefallen?"

Und ich? Ich stand da an der Landstraße, am Zaun einer Pferdeweide und rief laut aus: „Aber wie mir das gefallen hat!"

Schnell habe ich mich umgedreht, ob es vielleicht jemand gehört haben könnte. Müsste ja einen ziemlich befremdlichen Eindrucke machen, wenn

da jemand an einer Land-
straße an einem Wei-
dezaum steht und laut
ruft: „Aber wie mir das gefallen hat!" Und du, du
Verrückter? Du hast eine
Zugabe gegeben. Du hast
dich auf den Hinterbeinen
herumgeworfen, um dann
in rasendem Galopp eine
Runde auf der Weide zu
drehen. Du hast alle ange-
steckt und ich habe noch
das Trommeln eurer Hufe
im Ohr und das laute, fast
knallartige Prusten, wenn
du einen Zwischenstopp

eingelegt hast. Es war wunderbar! Und noch viel
wunderbarer und gleich-
zeitig fast nicht zu glau-
ben ist, dass du morgen
kommst und ein völlig
neues Leben für mich be-
ginnt. Ein Leben mit dir,
von dem ich noch nicht die
geringste Ahnung habe.
Natürlich träume ich mir
das eine oder andere zu-
recht, zum Beispiel, dass
wir frühmorgens, wenn
noch alle schlafen, in den
nebeligen Wald aufbre-
chen, sandige Wege ent-
lang galoppieren, dass

dann irgendwann die
Sonne aufgeht und ich
dich grasen lasse, während
mir die ersten warmen
Strahlen ins Gesicht schei-
nen - ach, es wird wunderbar werden! Ich weiß es
einfach. Ich weiß es ganz
genau!

Bis morgen mein liebes,
liebes Pferd

Mein liebes, liebes Pferd!

Wie kann das nur ange-
hen? Du bist jetzt erst seit -
ja wirklich - morgen sind
es vier Wochen! - seit vier
Wochen bei mir, und ich
kann mir ein Leben ohne
dich jetzt schon nicht mehr
vorstellen. Ich liebe unsere
Spiele auf der Obstbaum-
weide. Niemals hätte ich
gedacht, dass man mit ei-
nem Pferd spielen könnte
wie mit einem Hund. Es
macht solchen Spaß! Mal
laufe ich weg und du
kommst mir von irgendwo

zwischen den Bäumen ent-
gegen und dann wieder
läuft es andersherum. Ach,
ich liebe es, wenn du ge-
duckt unter den kleinen
Obstbäumen hindurchrast,
mich siehst, umdrehst, und
wieder mit Vollgas zwi-
schen den Bäumen ver-
schwindest. Das Tollste
aber ist, dass ich das Spiel
jederzeit beenden kann.
Ich rufe nach dir und
dann kommst du tatsäch-
lich sofort zu mir. Ganz
ehrlich? Zuerst habe ich
gedacht, du tobst dich einfach aus, aber inzwischen

weiß ich, dass du wirklich und wahrhaftig mit mir spielst, dass wir die Rollen tauschen können, die Rollen des Jägers und die des Gejagten, und dass du sofort zu mir kommst, wenn ich nach dir rufe, das zeigt mir, dass ich schon ein bisschen deine Freundin geworden bin. Stimmt's?

Ich glaube, dass du dich jetzt langsam eingewöhnt hast, und deshalb schlage ich vor, dass wir morgen unseren ersten gemeinsamen Spaziergang machen.

Was sagst du? Du wirst begeistert sein. Wir beide werden draußen kleine Abenteuer bestehen, wer weiß, vielleicht ja auch große Abenteuer, und wenn du mich eines Tages auf deinem Rücken trägst, dann wird uns nichts, aber auch gar nichts mehr schrecken. Das verspreche ich dir.

Bis morgen mein liebes, liebes Pferd!

Mein liebes, liebes Pferd!

Hier kommt ein Winterliebesbrief an dich. Gestern waren wir ja zum ersten Mal im Schnee unterwegs. Oh, diese verzauberte, weiße Wunderwelt! Alles sieht so anders aus, wenn eine Schneedecke darüber liegt. Ich habe gemerkt, dass du ganz besonders aufgeregt warst und vermute, dass genau das der Grund war. Dass alles so verändert aussah. Deine kleine Welt, in der wir nun

regelmäßig umherwan-
dern, war plötzlich nicht
mehr dieselbe. Habe ich
recht? Bei der Holzbrücke,
die über den Graben führt,
da wurde es richtig span-
nend. Du hast in den
Schnee gepustet, dann ei-
nen Fuß nach vorn gesetzt,
drei Schritte wieder zu-
rück, wieder in den Schnee
gepustet. So ging das eine
ganze Weile, aber irgend-
wann hast du mir vertraut
und bist mir vorsichtig
über die tief verschneite
Brücke gefolgt. Ich danke
dir dafür! Du hast ja nicht

die geringste Ahnung, was es für mich bedeutet, wenn du mir zeigst, dass du mir vertraust. Es ist ein wundervolles Gefühl! Ich könnte dann lauthals jubeln, was ich natürlich nicht mache, um dich nicht zu erschrecken. Aber mein Herz, das jubiliert ganz schrecklich, während ich dich lobe, dir über den Hals streichle und du ein kleines Stück hartes Schwarzbrot krachend zerbeißt, das ich dir zur Belohnung gegeben habe.

Ich hatte die Zeit ein bisschen aus den Augen verloren. Nicht zu fassen, wieviel länger man für eine Strecke braucht, wenn man durch knöcheltiefen Schnee laufen muss. Sonst sind wir immer so ungefähr eineinhalb Stunden unterwegs gewesen, und nun dämmerte es bereits. Und dann fing es doch tatsächlich noch einmal an zu schneien und ich fühlte mich - ich weiß, das klingt jetzt echt kitschig - ich fühlte mich mit dir, und wie wir beide durch

diese verschneite Land-
schaft spazierten, wie in einem wahr gewordenen
Märchen. Ach mein Obe-
ron! Als Kind, da habe ich
wieder und wieder dieses
Pferdebuch gelesen. Dieses
Buch, in dem ein Mädchen
ein Pferd „zähmt", mit
dem sonst niemand klar
kam. Und damals habe ich
mir gesagt: Wenn ich ein-
mal ein Pferd haben sollte,
dann soll es Oberon hei-
ßen. Und nun gingst du
neben mir her, mein Obe-
ron, Schneeflocken tanzten

um uns herum, einige kit-
zelten wohl deine Nase,
wenn sie darauf tauten,
denn du prustetest einige
Male, als wolltest du sie mit
aller Macht wegschütteln.
Die Dämmerung zog her-
auf, in der Ferne sah ich
die Lichter unseres Stalles,
und außer unserer beiden
Schritte war es ganz still
um uns herum.

Ich freue mich schon so
sehr auf morgen, mein liebes, liebes Pferd!

Mein lieber Oberon!

Zum ersten Male schreibe ich dir einen Liebesbrief und nenne dich dabei beim Namen. Ich kann dir nicht sagen, warum, und auch nicht, warum ich es vorher nicht getan habe. Ich vermute, es ist ein Zeichen der Nähe und Verbundenheit, die ich jetzt zu dir empfinde.

Eigentlich kann ich es noch immer nicht so richtig fassen, dass du nun zu mir gehörst und wie du

mir immer wieder zeigst,
dass ich auch zu dir ge-
höre. Wenn ich zum Bei-
spiel auf die Weide komme,
dann trabst und galop-
pierst du um mich herum
und jedes Pferd wird mit
angelegten Ohren fortge-
jagt. Du duldest kein an-
deres Pferd neben mir. Das
macht mich stolz, und
dennoch werde ich dir zeigen, dass das gar nicht
nötig ist. Du bist der ein-
zige und tollste und
schönste Oberon, den es für
mich gibt. Deshalb können

da wer weiß wie viele andere Pferde um mich herum sein. Ich habe sowieso nur Augen für dich.

Du hast ja bald Geburtstag. Zwei Jahre alt wirst du in wenigen Wochen. Was könnte dir wohl gefallen zu deinem Ehrentag? Ich tippe auf ein paar Leckrigkeiten und einen ausgedehnten Spaziergang, richtig? Na, mir wird schon etwas einfallen. Grins.

Weißt du, als ich von einem Pferd geträumt habe, da habe ich mich mit dem

Pferd immer durch den Wald reiten sehen, morgens in der Dämmerung, bei Nebel, oder bei schönstem Sonnenschein durch die Felder. Doch du scheinst noch andere Talente zu besitzen. An der Hand gehst du jetzt schon rückwärts und seitwärts, fast, als würdest du mit mir tanzen. Und wenn ich dich frei auf der Weide herumlaufen sehe, dann erkenne ich deine tollen Gänge, wie du im Trab über die Wiese schwebst,

und ich erkenne deine un-
glaubliche Kraft, mit der
du in die Luft springst um
dann, am höchsten Punkt
noch einmal nach hinten
auszuschlagen, dass einem
ganz schwindelig wird
beim Zuschauen und man
betet, dass dir so etwas niemals einfallen möge, wenn
man sich auf deinem Rü-
cken befindet. Aber jetzt
weiß ich, dass „Hohe Schule
über der Erde" eigentlich
„Hohe Schule in den Lüf-
ten" heißen müsste. Aber
wie auch immer. Du zeigst
tatsächlich eine Mischung

aus Courbette und Kapri-
ole. Und das mal eben so,
ganz frei und voller Le-
bensfreude! Wo andere
Pferde fast am Boden kle-
ben oder nur ein paar Zen-
timeter darüber ihre Bocksprünge ausführen, scheint
es, als könnte es dir einfach nicht hoch genug
sein, als würdest du dir
Flügel wünschen, um deine
Sprünge hoch oben am
Himmel zeigen zu können.
Was für ein Spaß, dir zuzu-
sehen! Und als wolltest du
sagen, ich übe schon mal
für zukünftige Turniere,

gibst du danach eine Zu-
gabe in Form einer Ehren-
runde. Allerdings, sollten
wir beide tatsächlich einmal an Turnieren teilneh-
men, dann müssen wir
noch ein bisschen an der
Geschwindigkeit arbeiten.
Lächel. Ich bin so un-
glaublich stolz, solch ein
bemerkenswertes Pferd zu
besitzen und fiebere dem
Tag entgegen, an dem ich
zum ersten Mal auf deinem
Rücken sitzen werde. Wie
wirst du dich anfühlen?
Wie werden sich deine Be-
wegungen anfühlen? Ich

kann es nur ahnen und
plötzlich erscheint mir ein
Jahr oder vielleicht sogar
zwei Jahre als eine unendlich lange Zeit.

Bis morgen, mein lieber,
lieber Oberon.

Mein lieber Oberon,

unser erster gemeinsamer
Frühling ist ins Land gezo-
gen und mit ihm der erste
Sturm. Dein Gesicht auf
unserem Spaziergang
werde ich nie vergessen.
Ganz offensichtlich behagt
dir Wind so gar nicht.
Deine Nase hast du ge-
kräuselt, bis sie nur noch
aus winzig kleinen Fält-
chen bestand, fast wie
diese kleinen Noppenbälle,
mit denen man sich den
Rücken massieren kann.
Und deine Oberlippe hast

du verzogen, dass sie völlig schief und verzerrt war. Als es dann auch noch angefangen hat zu regnen, war es mit deiner Freude am Spazierengehen vollends vorbei. Den Kopf ganz tief, das Gesicht verzerrt, so stiefeltest du mit mir durch die Wiesen. Mein Lachen darüber war nicht böse gemeint. Ich schwöre! Es sah einfach nur so lustig aus. Ich merke jetzt erst, dass mir vorher so gar nicht bewusst war, welche Kleinigkeiten bei euch Pferden zu Unwohlsein oder auch zu

Hochgefühlen führen kön-
nen, und vor allem, dass
man das alles so deutlich
erkennen kann. Ich
glaube, du wurdest mir ge-
schickt, damit ich lerne,
euch Pferde besser zu verstehen, ja, um überhaupt
das alles an euch zu ent-
decken. Ich hoffe, dass
mich diese Erkenntnis sen-
sibel genug macht, um in
deinem weiteren Leben
möglichst nur gut mit dir
umzugehen, immer zu er-
kennen, wenn etwas falsch
läuft und immer zu erken-
nen, was dich glücklich

macht. Ich glaube, auf dieser Basis werden wir ein Dream-Team werden, ganz bestimmt!

Ich freue mich auf morgen, mein lieber Oberon

Mein lieber Oberon,

auch wenn ich dich noch nicht reiten kann, unsere Spaziergänge entschädigen mich mehr, als ich es mir je hätte vorstellen können. Und jetzt, wo der Frühling Einzug gehalten hat, wieder öfter die Sonne scheint und es immerhin so warm geworden ist, dass ich sogar schon mal eine Weile irgendwo sitzen mag, sind unsere Spaziergänge noch wunderbarer geworden. Oft denke ich schon in der Mittagspause an dich und ich habe mir angewöhnt, in der Kantine zu essen, damit ich die Zeit für das Essenkochen spare. Zeit, die ich lieber mit dir verbringen möchte. Heute gab es Nudeln mit Tomatensoße. Ok, man hätte die Nudeln vielleicht ein wenig weniger weich kochen können, sie waren matschig, aber während ich sie in mich hineinschaufelte, sah ich durch die große Fensterfront unserer Kantine, sah die Sonne und die Schönwetterwolken am blauen Himmel - ach - am

liebsten wäre ich aufge-
sprungen und direkt zu
dir gefahren, hätte dir das
Halfter angelegt und
raus… Ich habe doch glatt
überhört, dass mein Chef
mich angesprochen hat.
Sabine, meine Kollegin,
hat gesagt, dass er mich
viermal angesprochen hat,
und jedes Mal ein bisschen
lauter, und dass sie schon
überlegt hätte, mir unter
dem Tisch gegen das Schie-
nenbein zu treten, aber
dass ich dann ja beim vier-
ten Mal aufgeschreckt sei.

Ich soll dann gedanken-
verloren durch unseren
Chef hindurchgesehen ha-
ben, mit einem Blick, als
sei ich verliebt. Was ja
nicht ganz falsch ist, denn
man könnte schon sagen,
dass ich in gewisser Weise
in dich verliebt bin. Und
wenn da mal ein anderer
kommen sollte, nein, kein
Pferd! Also wenn da mal
ein Mann in unser (grins)
Leben treten sollte, dann
nur, wenn du dein Einver-
ständnis gibst. Du verstehst
schon, wie ich das meine
(grins nochmal).

Na ja, auf jeden Fall teilte mir mein Chef mit süffisantem Lächeln mit, dass ich doch bitte (immerhin hat er bitte gesagt) noch eine wichtige Arbeit übernehmen solle, was in Menschensprache bedeutet: „Sie müssen heute länger arbeiten." Mein Blick führte mich wieder durch die große Fensterfront nach draußen, wo die Sonne schien und die hübschen weißen Schönwetterwölkchen am Himmel entlang zogen. Und in Gedanken sah ich uns beide den hübschen Sandweg durch die Rapsfelder gehen. Ok, das war der Moment, in dem ich schmerzhaft einen Tritt gegen mein Schienbein verspürte, erschrak, kurz aufschrie, meine Kollegin böse ansah, dann meinen Chef - entgeistert - und dann stammelte: „Entschuldigung, ich war gerade in - in - Gedanken. Was haben Sie gesagt? Ach so, ja, länger arbeiten, also, ich meine, wichtige Arbeit, ja, na klar." Und schon schweiften meine Gedanken wieder ab. Erst der tatsächlich super leckere Nachtisch holte mich in die Kantine zurück. Ich kann dir sagen, so schnell habe ich eine so schwierige Aufgabe noch nie gelöst und fertig gemacht. Und weißt du, was das Tolle war? Wir beide sind in den Sonnenuntergang gewandert, und zwar genau auf dem Sandweg zwischen den Rapsfeldern, von dem ich in der Kantine geträumt hatte. Und es war

noch viel schöner! Wie dieser Raps in der Abend-
sonne leuchtete! Unbe-
schreiblich!

Ich freue mich schon sehr
auf Morgen, mein lieber,
lieber Oberon

Mein lieber Oberon,

jetzt sind schon viele Monate ins Land gegangen.
Der Sommer ist schon in
vollem Gange. Die Wochen-
enden gehören tagsüber
dir und der Feierabend genauso. Wir beide haben ja
neulich diese seichte Stelle
an dem kleinen See ent-
deckt. Ich war so begeis-
tert! Ganz im Gegenteil zu
dir. Grins. Stocksteif hast
du erst mal da gestanden,
dass nur ja kein Tropfen
Wasser an deine „golde-
nen" Hufe kommt.

Dann hast du angefangen,
den Kopf runter zu neh-
men, um das Ganze ge-
nauer beäugen zu können.
Also Durst hattest du be-
stimmt nicht. Es sah mehr
so aus, als wolltest du mit
deinem Maul eine chemi-
sche Probe für ein Labor
nehmen. Aber irgendwann
hat die Spiellaune dich
dann doch übermannt o-
der sollte ich besser sagen
überwallacht? Oder über-
pferdet? Auf jeden Fall hast
du angefangen, mit dem
Vorderbein im Wasser zu
scharren, immer stärker

und immer heftiger. Dann kam das andere Vorder- bein dran und ich sage dir, da darfst du wirklich etwas vorsichtiger werden. Ich wusste gar nicht, wo- hin. Entweder wurde ich nassgespritzt oder ich lief Gefahr, einen deiner Vor- derhufe abzubekommen. Womit ich allerdings nicht gerechnet hatte, das war, dass du dich von einer Se- kunde zur anderen ein- fach mal eben ins Wasser gelegt hast. Und das zwei- mal. Für jede Seite, denn du kommst beim Wälzen ja nicht rum. Weißt du, was der Stallbesitzer gesagt hat? Früher hätte man gesagt, ein Pferd, das beim Wälzen nicht rumkommt, wird erschossen. Ich habe ihn ungläubig angesehen, dann fragend, und zum Schluss böse. Allein dieser Gedanke! Unfassbar, unmöglich, ein hanebüchener Unsinn, ein No-Go! Kurz, ich war empört. Er hat sich später noch entschuldigt. Er hätte es nicht böse gemeint. Es sei eben ein Spruch aus alten Zeiten. Mein lieber Oberon!

Ich hätte es vielleicht gar nicht erzählen sollen, aber ich habe dich verteidigt wie eine Löwin ihre Jungen! Ach, du bist mir schon so ans Herz gewachsen…

Auf jeden Fall, um wieder an den kleinen See zurückzukehren, war das mal wieder ein aufregendes Ereignis. Zum Glück war es so warm an diesem Tag, dass ich mir keine Sorgen darum machen musste, dass du dich erkälten könntest. Nein, es war so warm, dass es dich wahrscheinlich so richtig erfrischt hat.

Natürlich musstest du dich anschließend auch noch im Sand wälzen, und so paniert ging es heim zum Stall. Die Kruste, die sich durch die heiße Sonne auf und in deinem Fell gebildet hatte, habe ich unter größten Wohlbehagensäußerungen deinerseits weggeputzt.

Dann gingen wir zum Weidetor und du bist so zufrieden und gemächlich zu deinen Weidekumpanen geschlendert, und die Sonne ging rot unter, Vögel sangen, ab und zu

hörte man ein Pferd prus-
ten, es war einfach so meg-
akitschig schön, dass ich
noch lange am Weidetor
stehen blieb, um es für immer in mein Gedächtnis
aufzusaugen.

Bis morgen, mein schöner,
mein lieber Oberon

Mein lieber Oberon,

da ist diese Sache mit dem Putzen.

Ich fühle mich wirklich geehrt und bin stolz darauf, dass du mir deine Freundschaft so offensichtlich anbietest.

Es ist nur so, dass ich ja nun mal ein Mensch bin und kein Pferd, und deshalb vertrage ich es einfach nicht, wenn mich ein Pferd kraulen möchte. Du würdest mir die Haut abschälen, würde ich es zulassen. Ich weiß, dass du das nicht weißt und ich frage mich, wie es sich für ein Pferd anfühlen mag, wenn seine „Freundschaftsanfrage" nicht in der richtigen Weise beantwortet wird. Ich hoffe, dass du es irgendwann beim Rüsseln belässt, wenn ich dich konsequent immer wieder wegschiebe, wenn du mich beim Putzen zurückkraulen möchtest. Glaub mir, es tut mir weh, das tun zu müssen, aber es geht nicht anders. Es gibt bestimmte

Dinge zwischen Pferd und Mensch, die müssen anders laufen als zwischen Pferd und Pferd und auch anders als zwischen Mensch und Mensch natürlich.

Aber ich bedanke mich ausdrücklich dafür, dass du mich mit dieser Geste in den engen Freundeskreis aufgenommen hast. Das ist ein ganz besonders großartiges Gefühl.

Bis morgen mein lieber Oberon

Mein lieber Oberon,

heute war es ein so heißer Tag. Jetzt sitze ich im Garten und denke an unseren wundervollen Spaziergang zwischen den Feldern. Es war so heiß, dass du schon beim Schrittgehen geschwitzt hast und ich nicht weniger. Grins. Und während ich hier im Garten sitze, mit einem Glas Martini unter unserem Pfirsichbaum, da steigt mir plötzlich ein Duft in die Nase. Aber es ist erstaunli-

cher Weise nicht der fruch-
tig-süße Duft der Pfirsiche,
der meinen Freund (Ich
danke dir für deine Zu-
stimmung und dass du ihn
in unser Leben aufgenom-
men hast, grins!) und
mich sonst an warmen
Sommerabenden verwöhnt,
sondern, sondern... Wirk-
lich? Täusche ich mich o-
der... Tatsächlich! Es ist der
Duft nach Pferd, der Duft
von dir, so, wie du ihn
heute verströmt hast,
schwitzend in der heißen
Sonne. Ich liebe diesen
Duft schon immer, habe

meine Nase immer schon
zu gerne in das Fell schwit-
zender Pferde gedrückt
und dann tief eingeatmet.
Warum gibt es kein Parfum
davon? Sweat Oberon
würde ich es nennen. Ja,
du hast richtig gehört. Ich
würde dieses Parfum nach
dir benennen. Sweat Obe-
ron.

Mit dem Duft steigen Bilder
auf. Bilder von dir. Du auf
einer bunten Blumenwiese,
ein dunkler Fuchs, der einmal ein Schimmel werden
möchte, in einem Meer von
rotem Klatschmohn,

blauen Kornblumen, wei-
ßen Margeriten, deren
gelbe Knöpfchen im Inne-
ren der Blüte um deine
Beine herumtanzen.

Du beim McDonald's Drive-
In, und das Gesicht von
dem Mitarbeiter, als du
durch das Fenster geschaut
hast! Ich hatte mich ge-
bückt, so dass er mich
nicht sehen konnte. Ich
hab Bauchweh bekommen
vor lauter Lachen. Es war
einfach herrlich. Ein Pferd
bestellt Pommes bei McDo-
nald's!

Und auch da war es so
wahnsinnig heiß gewesen
und es vermischten sich
der Duft von Pferdeschweiß
mit denen von geschmolze-
nem Asphalt, Autoabgasen
und Frittierfett.

Wahnsinn, was wir beide
schon für Quatsch gemacht
haben! Es macht so viel
Spaß und es ist so ganz anders als ich es mir vorge-
stellt hatte!

Ich freue mich schon auf
morgen, mein lieber, lieber
Oberon

Mein lieber Oberon,

wieder sind viele Monate vergangen. Inzwischen hast du an der Hand so viele Dinge gelernt, und du lernst so wahnsinnig schnell, dass mir bald nichts mehr einfällt, was ich dir Neues bieten könnte. Wenn das unter dem Sattel auch so geht, dann muss ich mich aber sehr anstrengen, dir im-mer gerecht zu werden. Aber ich bin so voller Vor-freude! Ich kann es kaum noch erwarten!

Da ist es gut, dass ich nicht
mehr viel Zeit zum Nach-
denken habe. In meiner
Stadt ist nämlich eine Fläche in einem Park frei geworden, auf der schon seit
Jahrzehnten Ponyreiten
angeboten wurde und da
habe ich kurzerhand be-
schlossen, die Fläche zu
pachten und dort eine
Reitschule zu eröffnen. Was
für eine unglaubliche Ent-
scheidung! Ich habe be-
reits meinen Job gekün-
digt, einen Kredit
aufgenommen, und nun
beginnt ein wirkliches

Abenteuer. Ein alter Traum von mir wird wahr: Eine Reitschule!

Und du, du bist dann das Pferd der Chefin. Vielleicht hilft dir das beim „Kampf" um einen guten Platz in der Rangordnung zwischen den zukünftigen Schulpferden. Zwinker.

Bis morgen, mein lieber Oberon!

Guten Morgen, mein lieber
Oberon!

Nicht zu fassen, dass jetzt
schon wieder drei Monate
seit dem spannenden Tag
der Reitschuleröffnung
vergangen sind. Ich habe
dich gut beobachtet, denn
ich habe mir Sorgen ge-
macht, dass du vielleicht
untergehen könntest in einer Gruppe, na ja, ausge-
buffter Schulponys. Aber da
habe ich mir ganz umsonst
Sorgen gemacht! Der Chef
der Truppe, ein kräftiger
Haflinger, der nicht nur

gute Zeiten gesehen hat, ist dein neuer Freund. Besser hättest du es nicht machen können. Allerdings musst du dir nicht unbedingt alle Tricks und Kniffe abschauen, die dieses schlaue Pony auf Lager hat. Zwinker.

Aber du hast jetzt einen tollen Beschützer. Einen besseren hättest du dir wirklich nicht aussuchen können. Oder hast du ihn erobert mit deinem unverwechselbaren Charme? Zwinker.

Nachdem ich nun so viel neben dir hoch- und runtergehopst bin, dir auch schon eine Decke mit einem Gurt angelegt habe, dachte ich, ich schaue mal, was du wohl von einem Sattel hältst. Und wieder einmal hast du mich so sehr beeindruckt. Du hattest kein bisschen Angst vor dem Ungetüm und ich durfte ihn sogar über deinen Rücken halten. Die Versuchung, ihn auch gleich auf deinen Rücken gleiten zu lassen, war riesig, aber ich habe mir fest vorgenommen, alles in ganz kleinen Schritten anzugehen. Somit gab es noch ein Leckerli direkt vom Sattel und das war's dann erst mal.

Wenige Tage später habe ich dir dann den Sattel aufgelegt und leicht angegurtet. Jede deiner Reaktionen habe ich genauestens beobachtet. Du hast den Kopf herumgenommen, um zu sehen, was ich da mache und wohl auch, um zu sehen, oder wenigstens zu erschnuppern, was für ein

Dings da an deinem Kör-
per ist. Und dann war es
auch schon ok. Ich stand
da und wartete auf ir-
gendwelche Reaktionen
von Angst, Abwehr oder
auch nur von Unwohlsein.
Und was passierte? Nichts.
Da stand mein Pferd, mein
Herzenspferd, mit Sattel,
ein riesiger Schritt zum
„Erwachsenwerden", und
was machtest du? Nichts!

Du bist einfach toll, einfach ein großer Schatz!

61

Bis morgen, mein lieber Oberon!

Mein lieber, lieber, lieber
Oberon!

Das war einer der schöns-
ten Tage in meinem Leben.
Ich habe zum ersten Mal
auf deinem Rücken geses-
sen. Das heißt, eigentlich
nicht zum ersten Mal geses-
sen, denn meinen ersten
„Ritt" mit dir hatte ich natürlich sorgsam vorberei-
tet. Aber heute, da durfte
ich zum ersten Mal spüren,
wie sich deine Bewegungen
anfühlen, und was soll ich
sagen? Es war gigantisch!
Wie kann ein kleines Pferd

denn nur solch auslan-
dende Bewegungen haben?
Das kann doch gar nicht
sein! Ich habe Großpferde
geritten, Großpferde mit einem Stockmaß von 1,78 m,
die haben nicht solche Bewegungen gehabt. Ich bin
überwältigt! Wie soll ich
dir sagen, wie es sich auf
dir anfühlt? Man wird
nicht durchgeschüttelt,
nicht durchgerüttelt, auch
fühlt es sich nicht an, als
würde man auf einem
schwankenden Schiff das
Gleichgewicht suchen müs-

sen. Nein, deine Bewegungen nehmen den ganzen Körper mit. Man fühlt die großen, ausgreifenden Bewegungen, die einen von hinten nach vorne mitnehmen und im selben Moment scheint man zusammen mit dir vertikal in die Höhe aufzusteigen. Es ist einfach grandios und ich frage mich, was für Grenzen ich mit dir reiterlich noch überschreiten werde, Grenzen, von denen ich vorher nicht einmal geahnt habe, dass es sie gibt.

Aber jetzt habe ich dich gefühlt und schlagartig habe ich die Grenzen meines Reitens in der Zeit vor dir vor Augen, nein, ich fühle sie, sozusagen nachträglich. Wie unsichtbare Mauern haben diese Grenzen mein Reiten umschlossen und du, du hast sie mit einem Moment gesprengt, hast mich befreit, mir gezeigt, was ich noch nicht kannte und mir einen Ausblick in eine reiterliche Zukunft mit dir gestattet, die

ich mir in meinen kühns-
ten Träumen nicht hätte
ausmalen können.

Ich danke dir für diesen
Wahnsinnsmoment, für
dieses Feuerwerk reiterli-
cher Gefühle, die du mir
geschenkt hast!

Bis morgen, mein aller-
liebster Oberon

Mein lieber Oberon,

ich möchte dir danken für den wundervollen Abend, den du mir beschert hast.

Dabei war der Tag wirklich anstrengend gewesen und ich hatte echt überlegt, ob ich heute noch etwas mit dir machen sollte. Was bin ich froh und glücklich, dass ich mich dafür ent-schieden habe! Nach einem heißen Tag, an dem ich den ganzen Nachmittag auf dem Platz gestanden hatte, war der Abend warm und es ging ein lauer Wind. Ich hatte schon eine Weile überlegt, den ersten Galopp mit dir anzugehen und plötzlich hatte ich das Gefühl, dass genau heute und jetzt der richtige Moment dafür ge-kommen sei. Zu den Reit-hilfen gab ich dir die Stimmhilfe Galopp, und als hättest du nie etwas ande-res getan, galoppiertest du an. Ich machte aus dem Viereck ein Oval und ließ dich am langen Zügel das Gleichgewicht finden. Keine Spur von Nervosität oder Unsicherheit konnte ich spüren. Ja, du warst ein bisschen schnell unterwegs, aber das muss ich erstens deinem Temperament zuschreiben und zweitens dem Umstand, dass schließlich ich jetzt im Galopp auf deinem Rücken saß. Im Trab hattest du es am Anfang ja auch so eilig, und inzwischen bist du im Gleichgewicht und kannst sowohl Ganze Bahn als auch auf großen Bögen ruhig und taktrein traben. Nun aber war ich zum ersten Mal mit dir im Galopp, und ich konnte dich am langen Zügel lassen, wollte ich dich doch so wenig wie möglich stören. So bewegten wir uns im „Walzertakt" in dem gedachten Oval und ich lobte dich wieder und wieder.

Was machst du nur für Fortschritte! Und wie leicht geht alles mit dir! Ein Pferd und ein Mensch – wie füreinander geschaffen. Zwei Wesen, die unterschiedlicher nicht sein könnten, verstehen sich, und einer tut dem anderen gut, und einer macht

dem anderen Freude!
Große, große Freude!

Und da selbst das beste
Dessert ein Sahnehäubchen
braucht, öffnete ich kur-
zerhand das Gatter vom
Reitplatz und wir gingen
im Schritt in den Wald.
Nur für eine kleine Runde,
und nur im Schritt. Ich
weiß nicht, ob ein Pferd einen Sommerabend genie-
ßen kann, aber ich hatte
den Eindruck. Der laue
Wind fuhr durch die
Bäume, ließ die Blätter des
einen Baumes sich in sanf-

ten Wogen bewegen, in ei-
nem Rhythmus, der dem
deines Schrittes fast glich.
Ein anderer Baum ra-
schelte mit zittrigen Blät-
tern, während die Nadel-
bäume keinen Laut von
sich gaben und sich auch
nicht zu bewegen schienen.
Und zwischen ihnen allen
blitzte immer wieder das
Orange-Rot der unterge-
henden Sonne hindurch.
Wie durch Luftwellen hin-
durch gerieten wir ab-
wechselnd in laue Luft und
dann wieder war es frisch
und kalt.

Und wieder überraschtest
du mich mit deiner Abge-
klärtheit, deiner Ruhe und
du gabst mir das Gefühl,
dass uns beiden nichts ge-
schehen könne. Wieder am
Stall angekommen war es
kühl und dämmerig. In
aller Ruhe sattelte und
trenste ich ab, gab dir
noch eine kleine Extrara-
tion Futter und entließ
dich schließlich in die
Nacht.

Morgen früh würden wir
uns bereits wieder sehen,
wenn ich zum Füttern
kommen würde.

Gute Nacht mein lieber,
lieber Oberon

Mein lieber Oberon,

wir haben ja schon früh
ein Abkommen geschlossen.
Alles, was dir in irgendei-
ner Weise Angst macht, das
gucken wir uns in aller
Ruhe an. Heute war es ein
Stück abgerissene, im Wind
wehende, schwarz-weiße
Folie eines Silageballens,
die dir unheimlich war.
Also saß ich ab und wir
näherten uns dem „gefähr-
lichen Ungetüm". Wenn es
ruhig vom Ballen herab-
hing, warst du mutig,
wolltest dich überwinden,

dir das genau anzusehen, aber wenn der Wind es hochblies, war es vorbei mit der Neugier und du schaltetest lieber den Sicherheitsmodus ein. Somit verbrachten wir eine Weile in einem Hin und Her, einem Vorwärts und Rückwärts, einem Seitwärts rechts und Seitwärts links. Als wir es so nah heran geschafft hatten, dass ich die Folie berühren konnte, da geschah wieder das, was mich immer wieder so tief berührt. Du schautest mir zu, beobachtetest mich, und nach kurzer Zeit sah ich, wie du dich entspanntest und wieder neugierig wurdest, zu sehen, was das war, was da herumflattern konnte, mal weiß, mal schwarz, mal lautlos herabhängend und plötzlich, ohne Vorwarnung, hoch in die Luft wehend, knisternd und knatternd.

Mit jedem Abenteuer dieser Art wächst dein Vertrauen in mich und vor allem in dich selbst! Das macht mich so stolz, dass ich einen Weg gefunden habe, dir Selbstvertrauen einzuträufeln, Tropfen für Tropfen, Stück für Stück. Vielen Dank, mein lieber Oberon, dass du annimmst, was ich dir biete, dass du mir immer mehr vertraust, dass du dein Selbstvertrauen auf meiner Arbeit mit dir aufbaust. Was für ein großartiges Gefühl das ist! Ich bin mir ziemlich sicher, dass auch du diese Aha-Erlebnisse genießen kannst, auf deine Weise.

Eine Kollegin erzählte mir einmal von einem Pferd, das in der Rangordnung aufstieg, nachdem es schwierige Dressurlektionen gelernt hatte. Vielleicht war das nur ein Zufall, aber ich kann mir auch sehr gut vorstellen, dass ihr Pferde an jeder Herausforderung, die ihr meistert, wachst und Selbstvertrauen tankt, und warum sollte das nicht auch Auswirkungen auf Begegnungen mit der eigenen Art haben?

Ich jedenfalls beobachte, wie dein Mut wächst, deine Gelassenheit zunimmt, dass du deinen Körper anders bewegst, fast bin ich versucht zu sagen, dass du auch körperlich daran wächst, einen stolzeren, anmutigeren Anblick bietest. Ja, du wirst mehr und mehr zu einem schönen Pferd, immer mehr zu einem wunderhübschen Schimmel, und wenn ich es nicht besser wüsste, würde ich denken, da schwebt ein Lipizzaner über die Weiden.

Ich bin unendlich stolz auf dich und gleichzeitig ist

da eine große Liebe, die
mich mit dir verbindet.

82

Bis morgen mein lieber,
wunderschöner Oberon

Mein lieber Oberon,

war das aufregend! Nein,
ich dachte es würde aufregend werden, aber wenn
du hättest auf menschisch
reden können, hättest du
wahrscheinlich gesagt:
„Und? Was? Was soll hier
denn nun Besonderes
sein?"

Ich hatte mir nämlich
überlegt, dass es, wenn du
einen Turnierplatz zum
ersten Mal in deinem Le-
ben betrittst, vollkommen
stressfrei für dich sein

sollte, und so habe ich das mit dem Veranstalter abgesprochen und durfte mit dir auf dem Turnierplatz spazieren gehen, dich neben dem Abreiteplatz und in der Nähe des Dressurvierecks grasen lassen, kurz, du solltest die ganze Atmosphäre aufsaugen und sie einzig und allein mit guten, positiven Gefühlen verknüpfen. Aber kein Blumengesteck, kein Richterwagen, nicht einmal die vielen, vielen fremden Pferde, die mal im Schritt

und mal im Galopp unter-
wegs waren, konnten dich
auch nur ansatzweise
schrecken. Und als die Mu-
sik ertönte und 8 Pferde in
eine wilde Ehrenrunde
starteten, hast du den Kopf
gehoben, kurz mal ge-
schaut, was da wohl los ist,
um dann in Ruhe am
Rande des Geschehens wei-
ter zu grasen. Die einzig
Überraschte dieses Tages,
mein lieber Oberon, das
war dann wohl ich! Sollten
meine Übungen mit dir
wirklich schon solche
Früchte tragen? In deiner

Brust müssen zwei Seelen
wohnen! Die eine, die Temperamentvolle, die, der es
nicht schnell genug gehen
kann, die Ungeduldige,
die, die immer schon
glaubt zu wissen, was ich
mir von dir wünsche, und
die andere, die Gelassene,
für die das Wort Panik ein
Fremdwort zu sein scheint,
die Lernende, die Wissen
und Erfahrung in sich auf-
saugt, abspeichert und im
rechten Augenblick wieder
hervorholt. Was für un-
glaubliche Seelen teilen
sich deine Brust, leben sich

in dir aus, machen dich
zu diesem einzigartigen,
wunderbaren Pferd, das
du bist. Ich könnte schwär-
men, immer nur schwär-
men. So ähnlich wie Müt-
ter, die jede neue
Bewegung, jedes neue Kön-
nen ihres Kindes am liebsten der ganzen Welt mit-
teilen würden, so ähnlich
fühle auch ich, wenn ich
sehe, was für eine außeror-
dentliche, wunderbare
Entwicklung du nimmst.

Was werden wir beide noch
für schöne Zeiten mitei-
nander haben!

Bis morgen mein lieber,
mich immer wieder über-
raschender Oberon

Mein lieber Oberon,

ich habe mal wieder zu danken. Zu danken für einen Tag, an dem eigentlich überhaupt nichts Besonderes passiert ist. Aber genau das ist das Besondere! Nach dem Füttern am frühen Morgen habe ich erst einmal ein Päuschen eingelegt, mir einen Tee gekocht und als ihr alle euer Heu aufgefuttert hattet, holte ich dich zu mir. Mir war so überhaupt nicht nach Reiten, nicht nach Leistung oder irgendetwas üben zu müssen. So ließ ich dich einfach in meinem näheren Umfeld frei herumlaufen. Da saß ich also mit meiner Teetasse auf einem alten, aber irgendwie bequemen Gartensessel, und fühlte mich wie ein Fuß in einem ausgelatschten Lieblingsschuh. Und es kam so eine Muße über mich, so eine Ruhe, wie ich sie schon lange nicht mehr gefühlt hatte und ich nahm mir für diesen Tag vor, nichts zu tun, außer meine Lieb-

linge zu versorgen. Du hattest dir zwischenzeitlich einen Randstreifen zum
Grasen gesucht und ich
horchte auf dein leises
Prusten, das in unregel-
mäßigen Abständen zu mir
herüber klang. Ich schloss
die Augen und vernahm
jetzt auch das Geräusch
des Abrupfens der Gräser.
Als ich die Augen wieder
öffnete, da standst du genau vor mir und wolltest
gerade deine Nase in mei-
nen Tee stecken. Nein, meinen Tee wollte ich für mich
allein haben und zog also

die Hand zurück. Du
bliebst noch eine Weile bei
mir stehen und ich kraulte
dir die Nase, die du sofort
in schrumpelige Falten legtest. Nase kraulen liebst du
ja sehr, und du drehst
dann den ganzen Kopf hin
und her, damit ich ja auch
keine Stelle vergesse. Es begann ganz sachte zu nie-
seln, so ein Nieselregen,
den man kaum spürt und
der die Luft so trüb macht,
dass man nicht weiß, ob es
Nebel ist oder dieser feine
Regen. Wir beide ließen

uns davon aber nicht ab-
lenken. Du legtest plötzlich
deine Nase in meine Hand
ab und ganz langsam fie-
len dir die Augen zu. Ich
wagte gar nicht zu atmen
und wünschte, dieser Mo-
ment würde nie enden,
während ganz sachte
kleine, warme Wassertrop-
fen meine Haare hinab auf
den Boden glitten. Immer
noch fühlte ich deine Nase
in meiner Hand und die
Schwere deines Kopfes. Es
war ganz still um uns
herum, so still, dass ich die
Regentropfen hören

konnte, die von den Bäu-
men auf den Boden fielen.
Was für ein besonderer Moment! Und als wäre das alles nicht schon schön ge-
nug, brach plötzlich die
Sonne durch die Wolken
und ließ Gräser und Blät-
ter glitzern und blinken.
Wenig später begann der
Wald um uns herum zu
dampfen und als hätte die
Sonne dich geweckt, hobst
du den Kopf, drehtest dich
langsam um und schlen-
dertest zurück zum Seiten-
streifen, um zu grasen. Die
Sonne schien auf deinen

feuchten Rücken und nun
begann auch dein Fell zu
dampfen. Ich trocknete mir
mit einem alten Handtuch
von dir die Haare, die da-
raufhin rochen, als wäre
ich selbst ein Pferd, zog
mir eine trockene Jacke an
und ging zu dir. Ich
lehnte mich leicht an dich,
schloss die Augen und
hörte wieder dem Rupfen
und Schnauben zu. Eine
unglaubliche Ruhe kam
über mich und ein Gefühl
von Zweisamkeit nahm von
mir Besitz, die ich mir nie
und nimmer zwischen

Mensch und Pferd hätte vorstellen können, bevor du in mein Leben gerannt bist. Als wären ein Mensch und ein Pferd ganz allein auf der Welt, einer warmen, schönen, ruhigen Welt. Du brachtest mich kurzerhand in die Realität zurück, indem du weitergingst, um an anderer Stelle weiter zu grasen. Das brachte mich etwas aus dem Gleichgewicht, denn während meiner Träumerei hatte ich mich immer entspannter an dich gelehnt. Aber ich spürte immer noch diese innere Ruhe, die eben über mich gekommen war, als ich mit geschlossenen Augen bei dir stand. Mir wurde bewusst, wie selten es solche ruhigen Momente in meinem Leben gab, wie viel Arbeit ich hatte mit meiner Reitschule und dass ausgerechnet ein Pferd, nein, mein Pferd, mir diese so dringend benötigte Ruhe vermittelte, war eine echte Überraschung. Was habe ich nur für ein unglaubliches Glück gehabt, als ich

diese Landstraße entlang-
fuhr und dich auf der
Weide sah! So ein Glück!

Und wieder einmal danke
ich dir. Diesmal für diesen
wunderbaren Moment der
Ruhe, der Entspannung
und der vertrauensvollen
Zweisamkeit von Pferd und
Mensch, den du mir ge-
schenkt hast. Tja, mein Lieber, eigentlich ist gar
nichts Besonderes passiert
und doch wird es mir im-
mer in Erinnerung bleiben.

Bis heute Abend, mein lieber Oberon

Mein lieber Oberon,

ach du meine Güte! Was
für ein Tag! Das Adrenalin
schießt immer noch durch
meine Adern, ein Hochge-
fühl hat sich in meinem
Körper breit gemacht, so
breit wie wahrscheinlich
mein Grinsen, mein Lä-
cheln, mein Lachen, so
breit, wie die Freude in
mir. Wir haben gerade
eine Dressur gewonnen! Ist
denn das zu fassen? Auf
dem Abreiteplatz hat man
uns beide noch belächelt,

weil ich es nicht anders gemacht habe, als sonst auch. Trab und Galopp am langen Zügel, ein Stückchen durch den Wald, der neben dem Turnierplatz liegt, dann erste kurze Lektionen zur Biegung, wieder Arbeit am langen Zügel, dann Lektionen zur beginnenden Versammlung. Eine Schrittpause am langen Zügel, um dir zu zeigen, dass alles genauso ist wie Zuhause. Ruhig, gelassen, stressfrei. Heute geht das, was heute geht. Da kann man nichts mehr reinzwingen. Wieder Zügel aufnehmen, als unser „Auftritt" im Viereck kurz bevorsteht. Nochmals biegen, versammeln, Übergänge. Als wäre dir bewusst, dass es jetzt drauf ankommt, bist du hundertfünfzig-prozentig konzentriert. Es fühlt sich an, als müsste ich nur noch denken, als müsste ich gar keine Hilfen mehr geben, als wären wir eins im Dressurviereck.

Ich glaube, ich habe gelächelt, als ich das spürte, und es machte einfach nur

Spaß, zu zeigen, was wir beide können, was du kannst! Kein Moment der Unaufmerksamkeit, nichts lenkt dich ab! Du wartest darauf, dass ich dir sage, was ich möchte, als gäbe es nur einen Wunsch von dir, nämlich, meine Wünsche zu erfüllen.

Wahnsinn! Können wir beide nicht ewig so weiter reiten, uns bewegen, als wären wir ein Tanzpaar auf einer großen, sandigen Bühne? Für immer?

Dann war die Aufgabe ge-ritten, Grüßen, Zügel aus

der Hand kauen lassen
und das Viereck verlassen.

Ich kraulte deinen Hals,
weit nach vorn gebeugt,
flüsterte immer wieder
„Danke! Danke!" und
konnte einfach nicht mehr
aufhören zu grinsen, zu
lächeln und zu lachen.
Und nun hört das Adrena-
lin nicht auf, durch mei-
nen Körper zu pumpen, bin
im Höhenflug, komme
nicht mehr runter, viel-
leicht nie mehr...

Danke! Danke! Du bist einfach der Hammer! Mein geliebter Oberon

Mein lieber Oberon,

ja so ist das. Gestern noch himmelhoch jauchzend…

Das mit dem gestern musst du nicht wörtlich nehmen. Aber dennoch stellt der Umgang und das Reiten, das Sein mit dir, eine echte Schule des Lebens dar. Was gestern so leicht schien, so perfekt war, so, als könnte es nie wieder irgendwo ha-keln oder schwierig wer-den, das will heute einfach nicht gelingen. So ein „Heute" haben wir beide

erlebt. Schon öfter. An diesem Nachmittag schien es
aber überhaupt keine Har-
monie zwischen uns zu ge-
ben, kein Gemeinsam, kein
Verstehen. Du hast mir am
Ende so leid getan, denn
ich weiß ja, dass du immer
mitarbeiten willst, verstehen willst, geradezu ablie-
fern willst. An diesem
Nachmittag wollte die kör-
perliche Anspannung ein-
fach nicht weichen. Von
dir nicht und von mir
nicht. So schaukelten wir
uns irgendwie gegenseitig
hoch, bis keiner mehr den

anderen verstand und unsere Körper schwer und steif wurden, gar nicht mehr in der Lage, dem anderen etwas mitzuteilen, was er auch verstehen würde.

Immer wieder holtest du dir die Zügel, hast den Kopf nach unten gestoßen, unwillig und unzufrieden mit mir und vielleicht ja auch mit dir. Dann bist du vor dem Gatter des Reitplatzes stehen geblieben, als wolltest du sagen: Komm, lass uns raus gehen. Raus in den Wald! Raus in die frische Luft, wo

es nicht staubt wie hier!
Raus in die Freiheit! Und
ich überlegte kurz. War es
ok, diesem Wunsch nach-
zugeben? Ich entschied,
dass es ok ist, öffnete das
Gatter und wir beide ritten
hinaus in den schattigen
Wald. Ein langer Sandweg
lud zu einem wilden Ga-
lopp ein und ich jubelte in-
nerlich, weil es so viel Spaß
machte, so viel mehr Spaß
als unsere verspannten
Versuche auf dem Reitplatz
es getan hatten. Und wie-
der einmal war ich dank-

bar. Dankbar für die Lektion, die du mir erteilt hattest. Dass man nicht auf Biegen und Brechen etwas erreichen kann, sondern nur mit Spaß und Freude, mit Gelassenheit dem Leistungsdruck gegenüber, den ich mir zu gern hin und wieder selbst auferlegte. Und so kamen wir beide zurück, voller Freude, ich rot im Gesicht und lachend, und du ein bisschen schwitzend, aber völlig locker und entspannt.

Du hast aus einem unerfreulichen Beginn eines Nachmittags eine fröhliche Unternehmung gemacht!

Wieder einmal danke ich dir. Was wirst du mich wohl noch alles lehren? Immer stärker merke ich, dass ich dir zwar auch etwas beibringe, aber mehr und mehr lerne ich auch von dir! Einfach nur wunderbar. Jetzt sitze ich zuhause, ein leckeres Abendessen auf dem Tisch, und mache es mir mit meinem Freund schön. Obwohl ich eigentlich noch so einiges

zu tun hätte. Aber ich habe
heute etwas von dir ge-
lernt.

Danke und bis morgen,
mein lieber Oberon

Mein lieber Oberon,

wie doch die Zeit vergeht! Als wären wir gestern erst in rasendem Galopp durch den Wald gefegt, als hätten wir erst gestern auf einem Turnier gezeigt, was wir können, als hätten wir erst gestern Spaß bei einer Rally gehabt. Aber das alles war nicht gestern. Der Zahn der Zeit nagt so langsam an dir. Ich hätte mir gewünscht, dass wir noch viel, viel länger zusammen aktiv die Welt ro-

cken, sie entdecken und er-
obern, aber wir machen
jetzt langsam. So langsam,
wie es eben gut für dich ist.
Ich gebe zu, dass es an-
fänglich nicht einfach für
mich war, zu akzeptieren,
dass du körperlich nicht
mehr so fit bist, dass du al-
tersbedingt abbaust, und
das früher, als ich es er-
wartet hatte. Über allem,
was wir tun, schwebt jetzt
irgendwie ein Hauch von
Abschied, von Abschied
nehmen. Inzwischen ge-
nieße ich aber die ruhigen
Spaziergänge mit dir. Es

ist, als kämen wir zu unseren Wurzeln zurück, gehen wieder gemeinsam spazieren, wenn ich auch jetzt ein ruhiges, abgeklärtes, fast hätte ich gesagt, weises Pferd an meiner Seite habe. Nicht wie zu unseren Anfängen, als du den einen oder anderen Luftsprung hinlegtest, wenn du meintest, dich erschrecken zu müssen. Nein, die Zeiten sind nun endgültig vorbei. Wir schlendern nun durch Wald und Feld, langsam. Hier und da darfst du ein paar Gräser zupfen, dann wieder stehen wir einfach nur da und schauen, ja, ich weiß gar nicht was, wir schauen einfach in die Welt, in diese großartige Welt, die wir beide so viele Jahre lang gemeinsam durchkreuzt und durchritten haben, die wir beide, jeder auf seine Weise, versuchten zu verstehen, und ich glaube, beide mit mäßigen Erfolg, auch wieder jeder auf seine Weise.

Ich freue mich auf hoffentlich noch ganz viele Spa-
ziergänge mit dir, mein
lieber, lieber Oberon

Bye, bye, mein geliebter
Oberon,

warum musste dein Leben
so enden? Ein so wunder-
bares Leben, wie ich finde,
und von dem ich hoffe,
dass du es ebenso empfun-
den hast. Und dann ein so
leidvoller Abschied. Leid-
voll auf verschiedenen Ebe-
nen.

Ich werde niemals deine
vor Schmerzen weit aufge-
rissenen Augen vergessen,
und nicht den Moment, als
du endlich gehen durftest,

für immer gehen durftest,
allen Schmerz hinter dir
lassend. Die Verkrampfung
aufgelöst, die Angst davon
geflogen, lagst du ganz
ruhig da. Ich saß neben
dir, den Strick vom Halfter
in der Hand und konnte
gar nicht fassen, was da
gerade passiert war. Du
hattest mich tatsächlich
für immer verlassen. Und
wenn man auch noch so
genau weiß, dass dieser
Tag kommen wird, so un-
fassbar ist es, wenn er tatsächlich da ist.

Ich wünschte, ich könnte jetzt all die schönen Erinnerungen hervorholen, all die kleinen und großen wunderbaren Momente, aber ich bin wie gelähmt vor Schock und Schmerz.

Für mich wird es kein Pferd mehr geben nach dir. Ich würde es nur immer mit dir vergleichen, und wer sollte diesem Vergleich standhalten? Eine so große Liebe zu einem Pferd gibt es nur einmal. Davon bin ich überzeugt. Aber ist es nicht auch wundervoll, so etwas sagen zu können?

Dass man in seinem Leben auf sein Herzenspferd getroffen ist?

So lehrst du mich sogar mit deinem endgültigen Abschied, dem Ganzen noch eine winzige Kleinigkeit Gutes abzugewinnen.

Du wirst immer in meinem Herzen sein, mein geliebtes Pferd.

Für immer – mein Oberon